또 다른 소설

도서출판
작가마을

또 다른 소설

초판인쇄 | 2017년 7월 1일   **초판발행** | 2017년 7월 10일
지은이 | 배윤정 **주간** | 배재경 **펴낸이** | 배재도 **펴낸곳** | 도서출판 작가마을
등 록 | 2002년 8월 29일(제 2002-000012호)
주 소 | 부산광역시 중구 대청로 141번길 15-1 대륙빌딩 301호
          T. 051)248-4145, 2598   F. 051)248-0723   E. seepoet@hanmail.net

국립중앙도서관 출판예정도서목록(CIP)

또 다른 소설 : 배윤정 시집 / 지은이: 배윤정. ― 부산 : 작가마을, 2017 　　p. ;　cm ISBN 979-11-5606-074-1 03810 : ₩9000 한국 현대시[韓國現代詩] 811.7-KDC6 895.715-DDC23　　　　　　　　　CIP2017015758

*맞춤법이나 문장부호가 맞지 않는 부분은 시인의 호흡대로 표기한 부분입니다.

또 다른 소설

배윤정 시집

나는 고질병을 앓고 있다

그 어떤 순간도

나를 비하하지 않으면

말을 이어 나갈 수가 없다

이 시집은 그것의 치료제다

2017년 6월

배 윤 정

배윤정 시집

차례

또 다른 소설

배윤정 시집

또 다른 소설

배운정 시집

1부

—

성실한 개

정원사

꽃들이 힘이 없네요
잎들이 병에 걸렸네요
잔디들이 푸르지 못하군요
어디서 시작된 거죠?
누군가가 그랬죠
꽃들의 끝은 향이고
잎들의 끝은 겨울이고
잔디의 끝은 무색이라고
저는 색맹이 되어도 좋아요
저는 실명이 되어도 좋아요
저는 후각을 잃어도 좋아요
그저 환각 같은 촉감만 있으면 된답니다
남들은 그래요
저는 지금 도피하는 중이라고
그럴지도 모르겠네요

저녁의 전철

전철 소리를 도저히
참지 못하는 시간이 있다
귀 속에서 지진이 난 듯이
일정하게도 귀속을 흔드는 저 소리를
시간의 굴레를 타고 올라가면
전철은 나보다 한 발짝 늦게 들어선다
그러곤 사람들의 숨 속으로 발을 딛는다
화원이 된 것 같은 지하철
사람들의 향과 목소리들,
처음이지만 전혀 낯설지 않고
스쳐 지나가도록 보내줘야 하는 것들
전철은 움직이고
자그마한 화원에선 여전히 꽃들이 움직인다
노을이 지는 게 한가롭다
하나 둘, 꽃들의 향이 멎는다

또 다른 소설

무성하게 피어나는
사계절 내내 피는 저 아이들을 보면
희망이 일고 하늘을 느낀다
저들은 스스로가
절벽에서 어미에게 멀어지는
어린 새가 된다
그림자가 지고
동화 속의 노랫소리가 이명이 되는
소박한 우리의 꿈
어느새 우린 주름이 지고
겨울날 앙상한 나무마냥 늙어가겠지만
늙지 않는 섬 속의 등대
염증이 된 어제에게 연고를 발라준다
밤은 깊었고
우린 피어날 준비를 해야겠지

어제를 불다

해가 진 밤으로
늘 똑같이 흘러가버린 어제
일렁이던 촛불을 끄듯이 당연하게
그러나 우린 당연치 않는다
잎들이 썩고 꽃이 피고
주름이 늘고 생명이 요동치는
새로운 둥지가 마련되는 시간
00시,01분
울음을 놓듯이 폭죽을 터트린다
우리도 참 징하지
또다시 촛불은 일렁이고
파도가 치며 포말이 꿈틀대고
나는 갓 태어난 새가 알을 까듯이
조심스레 첫 새벽을 걷는다
별이 밝은 새벽, 꽃들의 노래가 일렁인다

맞불

들판이 쓰러지며 비명을 지른다
흙이 바스라지는 그 잠시
우린 또다른 들판에 맞불을 지른다
연을 날려 애써 죄책감을 턴다
잠식되어버린 가슴속 연
태풍 속에서 촛불을 켠다
자꾸만 꺼진다. 먹이 못 먹은 아기 새마냥.
들어 올린 연이 날개가 꺾였다
꺾인 날개를 고쳐주려 하지 않는다
새로운 이쁜 연이 또 있었으니까
우리는 거미조차 잊은
낡아버린 집일뿐이다
날개가 꺾인 연은 추락한다
누가 물어가던 불을 지르건
들판은 비명만 지른다

새장 속

하늘에 모르고 꼬맹이가
품속에 지닌 은하수를 쏟아버린 것일까
온통 반짝이들이다
펠리컨의 입속에 담기는 상상을 한다
앵무새의 깃털처럼 화려한 밤하늘
괜히 쓸쓸한 척을 한다
책을 찢고 씹고 태운다
저 버석거리는 소리들,
장작 타는 소리들
행복함에 귀가 달다
가장 추운 날인데 가장 포근하다
가끔 겨울은 알다가도 모르겠다

여름날 겨울별

별들이 지저귀는 소리가 들린다
미묘한 더위, 어울리지 않는 따뜻함
사람들의 행복이 부유한다
모두가 오늘은 시간을 깎아
추억을 조각하려 애쓴다
차 한 잔 마실 여유,
미소를 지을 수 있는 안도감
요란스런 겨울은 사랑이 한창이다
밤이 깊어도 별은 여물겠지
성탄절의 종소리가 울린다
다시 돌아올 쓸쓸한 봄을 위해
기도하는 따스한 저녁.
아름다운 요지경이다

텅 빈 어항

물고기들이 숨을 쉬지 못해
뻐끔 뻐끔 얄팍한 기침을 합니다
텅 비어 너무나 쓰린 어항에
물고기들이 한가득
퍼덕이고, 절망하고
회상하기 시작합니다
저 멀리 고향의 안부를 묻습니다
어머니 건강은 어떠신가요
아버지 고생은 없으신가요
동생아 자유로운 삶은 좀 어떠니
물 한 방울 없이 말라버린 어항
이 어항이 참으로 밉습니다
그러나 어항도
꽃 한 송이 심을 따스한 흙더미는
품고 있지 않을까요

구름에게

날이 새고 밤이 지는데
너는 어쩜 그렇게 변덕스러울까
네가 들어찬 도화지를 보고 있으면
가슴부터 먹먹해진다
오전이 오전 같지 않아지는 탓일까
푸른 물감 몇 방울
떨어질 틈도 보이지 않아서
괜히 성질을 부리고 싶고, 그런다
오늘처럼만 생기 있어다오
푸른 물감 곱게 잘 흐르니
햇빛도 제 구실을 하고
선선한 바람에 꽃들도 웃고
답답한 도화지가 되지 말아라

귀향길

쓰라린 비가 교활하게 내린다
조각마냥 감쪽같은 조화들이
지나가는 나를 가로막으며
향을 달라 애원한다
그물에 거려 퍼덕이는 꼴이 된다
발을 디디게 해주지 않겠니
향없는 아름다움이 고개를 젓는다
향을 나눠줘
아니면 우리와 함께 놀자
뿌리 없는 나무들이 들어선 숲
향없는 조각에서 향수를 느낀다
장마가 오기엔 아직 이른 계절
귀향길이 조금 늦어져도
숲의 길은 변함없으려니
아, 달가루가 일렁인다

하늘

나는 나약해지고, 치사해지고
추악해지고, 험상궂어진다
무엇이 결핍되어서
내가 이렇게 된 걸까
무엇이 잿빛이어서
내가 이렇게 변하는 걸까
두 손을 포개놓곤 중얼거린다
나는 미친 게 아니야
나는 그냥 살아있는 거야
그물망에 걸린 물고기가
조금 발악을 하는 것뿐이야
누군가가 듣길 바라며

성실한 개

빙빙 돌다가 힘겹게 제자리에 선다
세월 한 움큼이 이토록 크다
집엔 거미줄이 쳐졌다
삐걱삐걱, 어색하게
계속해서 굴러가는 낡은 저택
달이 쉬어가는 집이고
해가 몸을 식히는 집이라서
온도는 늘 제멋대로다
집 가는 길을 잊은 말은
오래토록 자취를 감췄고
해가 병들어서 해바라기도 시들기 시작했다
쳐다볼 곳이 없는 꽃들이라서
오늘도 나는 침침한 등을 굽히고
빙빙 이 자리에서 돌기만 한다

허황 속에서

우주가 꼬리 잡는 강아지처럼 빙글빙글 돈다
삶의 단물이 빠져버려서
영 한 입 한 입이 맛이 없다
어릴 적부터 근원 없는
이상한 향수가 들어있는 밤의 기분이 날 감돈다
염증이 핀 곳을 또 씹어버린 것 같은 얼얼함
반짝이는 별들이 눈을 멀게 할 것 같아서
검은 크레파스로 밤을 다 채워버리고 싶다
밤은 검어야 하니까
새벽의 울음이 터지는 시간이
날 거짓말로 위로해줄 달처럼 좁혀온다
지구엔 별자리가 될 사람들이
별자리가 되지 못한다고
잔인한 가을이 하소연을 했다

서면역 앞에서

분명히 살얼음인 바람인데

어쩜 이리 곱고

오래 서있던 탓에

딸기즙을 터트린 듯 손끝이 빨개졌는데

그저 마냥 가슴이 들뜨고,

눈앞의 시림은 분홍들로 가득 차 버린다

가지각색의 사람들의 숨이

혹여나 너일까 계속해서 기다리고

즐거운 겨울의 즐거운 기다림

달디 단 바람은 내 기분을 아는 듯 살랑거린다

한참 후 분홍들을 가득 뒤집어 쓴 네가

천천히 계단을 밟고 올라온다

조금, 진정되지 않는 설렘

숨을 내뱉자 분홍들이 폴폴 날아간다

부산의 아침

성이 난 곰의 울음소리 같은
바람소리에 잠이 깼다
갑갑한 햇빛이
블라인드에 가로막혀 떼를 쓰고
베개를 세워놓고 발을 뗀다
몽롱한 얼굴을 지우려고 세수를 한다
여전히 전쟁을 하는 바람들
윗집 아기는 오늘도 자동차를 탄다
텁텁한 입속이 물로 찰랑거린다
노곤한 시간이라
조금 더 거리감이 느껴지고
햇빛에 정처 없이 부유하는 먼지들을 보니
조금 더 안쓰러운 시간이고

스테인드글라스

신의 목소리는 나긋하지 않고
신의 언어는 무지개로 나뉜다
공허한 공간의
빛이 점멸되는 시간
휴대폰 화면이 암전되듯이
툭, 천사의 날개가 꺼진다
먼지가 송이송이 떠다니고
우리는 신의 울음을 기다리고
아무도 신경 쓰지 않는
신의 가뭄
빛은 영원히 점멸된다
신의 목소리가 담기는 이곳에서

행복의 카운트다운

5초, 꿈을 꾼다

지금 이 공간

백조를 천사라 불러도 위화감이 없을 정도로

허황된 모든 게 가능해진 시간

4초, 거짓말을 한다

이젠 애써 거짓말을 하지 않는다

초콜릿을 훔쳐 먹고선 뻔뻔한 아이가 되어서

내 추억인 마냥 당연하게 거짓말을 한다

3초, 돈을 집는다

욕심의 근원인 돈을 잡고선

막 뿌린다. 생일날에 흩날리는 폭죽처럼

뭉그러지는 뒤틀린 얼굴들, 돈의 얼굴일까

2초, 거울을 본다

어느샌가 잊혀져 있던 내 자신의 얼굴

허황된 시간이 얼굴을 먹어간다

1초, 손을 놨다

계절이 흘러가자 밤과 부딪힌다

갈증이 났다. 저물어버린 행복을 가지고 싶다

2부

—

백구색 계절

나답지 않은 시

반여 1동에 비가 온다
사람의 향이 사라져 보이는
백년 묵은 아파트 위로 장맛비 같은 봄비가 온다
오늘따라 고데기가 잘 됐는데
심술을 부리는 사춘기가 온 비가
비대한 몸으로 내 앞머리를 분질러 뭉갠다
그냥 조금 심술이 난다
그냥 청소년다운 짜증이 많이 나는
3월 18일 4교시이다

나답지 않은 시 2

착잡한 비가 암울히 흙을 두드리는데
나는 무엇보다도 못한 사람일까
나무들도 안타까운 미물들을 살피어
푸르른 잎으로 비의 첨벙임을 막아주는데

내가 미약한 심장들을 죽음의 웅덩이로 몰아넣는지
아닌지도 모르는 나는
언제서야 불순물 없이 소박히 웃을 수 있을까
여전히 암울한 비가 운동장을 물들인다

망향

숨 죽은 지 하루가 지나버린 바람
머리끝을 청춘을 되새기듯 헤집고 지나가자
검게 짓눌린 할미꽃이 날 데려가라 통곡한다
백야 속 그림자가 되어 밤을 그리워한다
뼛가루가 뿌려질 길을 시간의 빗길이 핀 손으로 닦아내며

파도가 사라진 바다를 손등에 뿌린다
그리움에 절여진 냄새가
손가락 사이를 타고 흐르는 모래처럼
문득 희미해져만 간다

불변적 행운

내일 향을 만개하기 위해
꽃바람의 재촉에도 풀잎 속 몸을 파묻던 어제
옅은 휘파람이 입을 베어 물고
빛바랜 유년 속 등대를 억지로 끌어낸 오늘

벗꽃이 피었다
손가락 끝을 따라 연분홍 노래를 불러주는
벗꽃이 파도를 친다
울렁이는 달 가루가 오늘밤은 기쁜 듯이
물감을 터트린 밤하늘을 포갠다

기분 좋은 집 가는 길

이슬이 이제서야 따사로워졌다
정말 부끄러움의 계절이 도래했구나 싶었다
봄 냄새와 겨울 내음이 조화롭다
그윽한 눈을 따라 참새마냥 걸음을 옮긴다
오늘은 너무나도 향기로운 날이다

달이 뜬 사막

가시를 책망하는 장미는
색채가 끈질긴 꿈이 없다
은하가 몸을 힘겹게 뉘고 지나간 자리는
철 지난 별들만이 오뚜기마냥
이리저리 절망적으로 살이 찐 몸을 흔들며
자신의 암묵적이던 어제를 지우개질 한다

오늘도 산수유가 운다
봄이 심술을 부리는 마지막 날,
오늘 죽은 별을 위안하는 오후이다

히비스커스

밤의 발자국이 남은 길은 곧
은하수를 베어 문 별이
절망을 절뚝이며 걷는 길
그리고 훌쩍이는 대지

그렇게 구름은 별의 미흡한 노래를
미화시켰다

바다의 실직

갈매기들의 전성기가 날갯짓 하지 못하는 사이
잎이 병들어 모래사장을 울부짖게 했던
그 날
넋의 심술에 손이 굳어
벽돌이 된 휴대폰을 쥐고 오타를 내지 않으려
꽤나 꾀를 쓰던 어제
새살이 파릇파릇 돋듯
어제는 어느새 부어오른 어제가 되어서
길고양이 마냥 내 손내음을 그리워 한다

백구색 계절

오늘도 겨울은 잠에 들기가 아쉬운지
그림자의 장막을 거두지 못한 채
별가루가 향기로운 꽃샘추위를 한없이 그리워한다
흐드러지게 만개한 백구의 꽃은
황혼의 유년을 추억하며 회고록을 쓴다
시간의 그 그리운 길목에서
나는 언제나 미련을 유혹하는 열다섯이다
오늘도 봄비는 적막하다

앨리스의 방

암담한 입 속의 쉰내 나는 꽃 속으로 떨어진
어제의 산토끼
구름이 비를 먹어가기에 환멸감이 든다
낡은 영화관의 낡은 팝콘은 무색의 향이 났다
열정에 염증이 핀 나머지 채우지 못할 구멍을 낸
벚꽃물이 희미해진 6월쯤의 교복

바람의 비상을 막을 수밖에 없었다
습관이 되어버린 들 푸른 변명은
은하수를 물들인 양귀비를 어설프게 달랠 수 있었다
먹빛 손가락은 여전히 서투른 아름다움이었다

1+1

왜 나는 언제나 달팽이처럼
뻐끔거리는 더듬이를 뒤로 숨기며
휘핑크림이 묽게 녹아든
달별의 적막 속에서
익사를 준비하고 있었을까

새로 장만한 손수건에서는
낡고 친절한 부스러기 같은 세탁소의
빳빳한 향이 청승맞게 났다

나비에겐 죽음이 없다

비가 억만년의 억울함을 토로하고
달팽이의 집이 깨지던 처참한 기복은
물 흐른 나무들의 발자국이었다
피다 만 담배를 떨어트리기만 해도
숲은 칠흑을 저주하며 무너질 터인데
우리는 그러지 못했다

찔끔 여운을 남기고 돌아선 그 목소리는
말라가는 손가락의 외침이었다
나는 이기적이어서 손가락의 아우성엔 딱히 관심이 없었다
어릴 적 모자를 눌러쓰기만 했고
때 탄 모자를 억지로 희게 만들었다
나는 나비가 죽음이 없다는 걸 잘 알고 있다

그렇게 믿어두고 싶을 뿐이었다

결함을 묻지 못하는 나에게

바라볼 별은 하나면 충분했다
영양가 없는 변명이었지만
스며든 지 오래된 여우비는 이해해 줄 거란 걸
강가에 뿌리 뽑힌 잡초처럼 잘 알고 있었다

짙어진 손금이 시들어 보였다
손금을 타고 별의 숨소리가 흐를 거라는 걸 안다
수줍은 시기에 멋쩍은 간지러움
밤하늘의 유흥을 위해 일찍 잠들리라 혀를 깨문다

꽃가루 들추기

분명히 계절은 가을이었다
점점 지구를 혓바닥에 놓을 듯이 짙어지는 밤하늘의 속도와
음색이 변해버린 풀벌레들의 찌릿함은
크리스마스의 노란 여운처럼
확연히 가을임을 음미해내고 있었다

하지만 여름은 아직
미완성인 가을을 받아들이고 싶어 하지 않아 보였다
고양이들의 잠자리에 온기가 한 켠 더 쌓여가며
꽃들에게 이불을 덮어줘야 하는
추억이 바뀌는 계절의 환절기가 어느새 첫 물이 들었다

별이슬

가을의 공기는 집이 없다
이리저리 몸을 버리고 다녀서
아무도 가을바람을
향긋한 바람이나 아스라한 바람으로
도통 맞아주질 않는다
가을의 울음은 섬의 바람답지 않다
별가루가 묻어난 가을의 울음은
행성 속 어린왕자의 장미조차
달랠 수 없다
곤혹스러운 계절이다
가을이 꿀벌이 꿀을 엎지르듯
저도 모르게 엎지른 울음은
물감이 되어 밤하늘을 칠한다
가을을 위한 집을 짓는 것이라고
장미는 그렇게 회피했다
가을의 집은 결국 없었다.

미쁜

금 간 벽 새로 울리는
소음의 일부를 비집고 들어온
젊은 개 짖는 소리
둥지가 바뀐 새가 돼버려서
밤새 코를 훌쩍이며 뒤척였다
엄마가 보고 싶다

낯선 공기 속의 하루는
벅차고 기계 속 바퀴가 구르듯이
늘 쉰내가 나고 둥근 손은 없었다
매미 소리가 알싸하게 귀를 뜯는다
미쁜 애가 되고 싶었는데
땅도 밟지 못한 지렁이의 분통이다

유년

늦잠을 잔 아침은
이른 아침 새 공기도
푸른 장막을 여는 새소리도 없지만
여느 때 보다도
그렇게 달콤할 수가 없다
베개를 꿈의 밑창으로 삼아 안는다

회전목마 위 흰 뺨을 가진 애가
신나게 웃고 있다
봄철의 벚꽃이 코에 떨어진 것 마냥
그저 신나게 철없이 웃고 있다
아이의 이름을 부르려다 말았다
어린 아이의 정의는 깨진지 오래다

졸가리

앙상한 가지는
매섭고 이기적인 겨울이란 계절을
이미 다 알고 있는 듯 했다
삶의 향을 모두 맛본 노부부처럼
앙상한 가지들은 서로를 위안한다

주름진 얼굴을 만개할 방법을 찾지 못했다
지금은 새가 잠시 날개를 정리하다
매몰차게 온기를 거두고 가버리지만
주름 곳곳엔 봄의 환영이 깃들었다는 걸 안다
또 다른 계절이 잠들기를 가지는 기다린다

졸가리 : 1. 잎이 다 떨어진 나뭇가지
         2. 사물의 군더더기를 다 떼어버린 나머지의 골자
         3. 예전에는 뼈대 있는 가문이었다.

3부

여름이 사랑한 섬

윤슬

주름진 손가락을 겨우 접어
어설프게 단어를 발음하듯
낯선 향을 풍기며 눈을 가렸다
틈 사이로 비집고 들어오는 거울은
충분히 눈을 멀게 할 것 같았다

열이 오른 달을 끌어내리고 싶다
잔잔한 옛 이야기를 울며 풀어내는
저 사연 많은 물에 달을 익사시키고 싶다

네 발목을 찰랑거리는 물에 넣으면
넌 간지럽다고 행복한 몸서리를 치겠지
코스모스로 가득한 바다가
우리의 청춘을 써내려간다
유치한 일상의 끝은 짝사랑이다

적바림

날아갈까 무섭다
머릿속의 벌레가 먹을까 두렵다
거미줄 친 입안으로
빨려 들어갈까 걱정된다

잃고 싶지 않은 언어고
잊고 싶지 않은 향수기에

* 적바림: 글을 간단히 적어두는 일. 또는 그 기록

꽃샘

강가에 내려앉은
저 불만 가득한 입바람
사탕을 떨어트린 아이마냥
몸에 익숙해진 생떼를 부리고
봄의 시작점을 진부해진 숨으로 뭉개고

겨울은 여름만큼 지독하다
낯선 온기가 우리에게 입 맞출까
겨울은 가시를 숨기지 않는 장미다
자신을 잊지마라 습관마냥 울부짖고
덜 무른 입술을 터트리고

별 거 아닌 심술일 뿐이다

해미

살얼음 마냥 여린 산새의 숨이
고즈넉하게 식어가는 바다 위로
엉킨 실타래 같은 모습을 하곤
날갯짓을 멈추지 않으며 흩뿌려졌다
한 치 앞도 못 봐서 쿨쩍이는 등대가 가엾다

가을 바다는 상쾌하지 못하다
발목을 어루만지는 꽃가루의 손길이 늘 머문다
저 안개 위로 아이가 별밤을 그리고 있을 것 같다
황홀한 눈빛은 늘 어깨를 짓누른다
어느 순간엔 이 별이 다 꿈이었으면 싶다

보늬

손으로 긁어 새 발톱 같은
흉을 무책임하게 내 보아도
쇠창살로 찢어보려 호기심 가득한
표정으로 쿡쿡 찔러봐도
눈앞의 향 없는 안개는
변함이 없었다.
안개를 걷으며 손에 날을 세우고
배고픈 고양이처럼 손을 내저어도
그물망에 걸려 펄떡이는 건 아무것도 없다
꽃샘추위를 몰고 온 겨울처럼 뻔뻔한 시간이 지나자
아직은 그날이 아닌가보다, 하며
어느새 나 자신을 체념하고 있는 것이었다
겨울에 꽃이 필 기대를 하는 시든 씨앗마냥
나는 누군가가 날 잡아 당겨 주기를
심심한 눈짓으로 남몰래 기대한다

떡비

말라가는 잎들의 산새 같은 입술이
비를 반긴다
새벽의 한기를 열며
연극처럼 시작된 울음
가을의 숨이 시작된 줄도 모른 채
미숙한 관객인 여름이
조심스레 추위를 책망한다
간질이는 시간이 여느 계절보다
더 부족한 연극이 막을 올렸다
그때서야 알아차렸다
가을의 낯익은 향 앞에서
나는 아직도 봄의 여린 손을
그리워 했다는 걸

아빠나 엄마는
가을 녘에 떡을 해 먹는
약간은 지친 주름을 가진
사람들의 목소리를 들어봤을까

벼의 뒤척임도 잡히지 못하는

빛바랜 소음이 뛰노는 이곳에선

그들의 웃음도

그리워하는 것 같지 않았다.

애초에 세월을 담은

주름들을 몰랐기에 그랬던 걸까

아무도 관심 주지 않는

울먹이는 비속에선

그래도 뻗어나가는 들판의 향이

여전히 머무르고 있다.

* 떡비: 가을에 내리는 비.
　　2016년 10월 8일 안양예고 중등문예대회에서 쓴 시

복도의 초상화

날을 세운 말의 구십은
익숙함에 무뎌져 나도 모르게 시간을 잊고 뭉개 내뱉는
것이고
나머지 십은
목표를 뚜렷이 잡은 노골적인 우리들의 언어다
거북이는 과연 정말 반칙 없이 토끼를 넘었을까?
월등함과 열등감은 늘 우리를 소음 속에 가둔다
먼지 낀 안경을 불지 않는 한
강물의 풀밭마냥 아름다운 보석을 찾지 못하는 맹인이
되고 만다
그러나 우린 늘 맹인이 된다
이때까지 배워온 것은 보석을 빚는 법이 아닌
보석을 깨트려 모래로 만드는 법뿐이었기 때문이었다
실수는 죽음을 노래한다

벽화

엊그제부터 조금 새침하게 토라져버린 가을바람에
붉은 단풍을 칠할 물감이 굳어 버렸다
매미의 울음이 멎은 지 얼마나 되었더라?
처절한 울음이 도통 기억나질 않았다
내가 이기적인 걸까

시간의 풍경이 멈춘 가을 향을 어떻게 그릴까
고민할 필요가 없었다
한참을 앉아 있어 저린 무릎은 나밖에 모른다
선한 바람은 지친 손을 끌어 들로 여행을 안겨준다
유치한 가을 감성이 느껴지고 싶었나 보다

여름이 사랑한 섬

9월의 섬은 늘 향이 아름답다
미숙한 어른도 속 깊이 구멍이 지져진 아이도
섬은 자취를 남겨주며 길을 터 준다
섬이 향유하는 꽃은 그리 많지 않다
하지만 여름은 섬을 사랑했다

늘 섬이 되고 싶었다
잠자리의 날개도 말라가는 더위도 꺾는
여름이 그리워해 질타의 손이 되어버린 그 9월의 섬
여름은 오늘도 섬을 좇는다
이유가 없고 여유가 없어 더 아득해진 한물 간 짝사랑이다

산기슭

새끼 고라니의 울음이
늦은 밤안개처럼 자욱하다
서리 낀 겨울의 새벽을
차마 넘지 못한 시들어간 봄들은
나름대로 그들의 자취를
바스러질 듯한 꽃으로 남긴다
시든 봄아
겨울의 새벽은 여전히 춥고
여전히 대지는 황폐하니
꽃들을 이고 저 멀리
별에 기댈 수 있는 곳으로 가거라
저 멀리

함성

학교는 늘 여름철 먹구름처럼 우중충하다

점심시간이 지나고 5교시, 낮잠을 자기에 최적화된 시간이다

점심을 먹은 나른한 고양이가 되어 턱을 괸다

기름을 바르지 않은 몸이 삐거덕대며 애써 함성을 지른다

분필이 그이는 소리 교탁을 치는 소리

아이들이 웃는 소리 소문이 입을 스치는 소리

그 소음 속에서도 나른함이 깨지지 않는 게

염증을 앓는 몸과는 달라서 그냥 웃기만 한다

몇 초 간 꿈을 꾼다

꾸다 만 꿈 조각들이 부유하는데 정신이 산란하다

이상하게도 가을 끝 무렵이 다되어 가는데

낙엽 바스러지는 함성을 들은 적이 없다

선생님은 아이들을 결국 포기하고 만다

낙엽이 으깨지는 마지막 호통

백일몽에서 깼다

* '함성'은 2016년 10월 29일 제19회 요산문학축전 '요산 김정한 백일장' 중등부 장원 당선 시입니다.

빛바랜

시간의 경계가 두렵다

우리가 소문의 몸을 불리고

누군가의 허점을 좋은 반찬으로 삼는 시간

낯선 시간은 늘 퇴화하고 있다

어제를 뭉그러트렸다

한도 없는 책장을 넘길수록 색이 바랠 것을 안다

손때로 주름진 책의 끝이 늙어가고 있었다

책장을 넘기기가 힘이 든다

나에겐 너무 과분한 추억들이다

아담한 세계

아침의 구름이 멎었나 보다
나른해진 옷자락을 다듬으면서
적절한 온도 속의 상자에서 한참 백일몽을 꿨다
꿈을 꿔도 잠 속에서 여전히 하품을 한다
한물 간 선생님의 브로치
신발이 날 끄는 건지 내가 신발을 끄는 건지
꿈을 내가 잡는 건지 꿈이 날 떠나는 건지
조그만 상자의 조그만 숨
조그만 하늘에 조그만 삶
나는 그저 나무가 늙기 전에 열매가 익길 바랄 뿐이다

조각들이 실리는 오후

마녀의 손이 찢고 지나간
색 바랜 잎들이 벚꽃처럼 뿌려진다
감동이 없는 감동이었다
왼쪽엔 결국 꺼져가는 숨처럼
홀연히 곧 재가 될 잎들
오른쪽엔 사계의 빛을 모두 빨아먹은 듯
곧 넋두리 없이 바스러질 잎들
라일락 향을 맡아본 지가 언제더라?
시간이 먹어버린 피곤한 물소리 속은
어차피 사라질 잎들의
여름철 폭염마냥 따가운 함성으로 가득했다

자취들

소박한 날씨엔 소박한 옷이 어울리듯
별 꾸밈없는 책을 펼쳐
오늘의 소박함에 대해 써내려갔다
교복 치마 주름이 뜯어지고
친구들과 담임의 뒷담을 한 것
예쁜 음식점을 찾아 신이 난 것
서투른 나이의 소중함을
도토리 묻듯이 글자 속에
하나하나씩 숨겼다
그대로 도망가 버리는 소박함들은
그저 놔 주고 말 것이다
그들도 나처럼 그저 작은
조그마한 빛과 같아서
언젠간 손에서 넘쳐 놓쳐버릴 것을
난 잘 알기 때문이다

새벽 두시

밤하늘엔 별이 까맣고
별엔 밤하늘이 가득하고
풀벌레 소리들이
귀밑머리 어딘가에서 멎어버린
공허하고 미동 없는 시간
꼬맹이가 흘린 반짝이 풀들이
까만 비단 위에 흩뿌려졌다
소리를 쥐고 싶어 몸을 내밀었다
얼굴에 잔상으로 남는
풀벌레들의 소리, 머리칼, 바람들의 소문
여전히 밤하늘엔 갇힌 별들이 많고
나는 그 꽃들을 잊지 못하고
결국엔 적막함이 이겨버린 시간이다

꿈의 늪

바닥이 문어의 빨판처럼 날 잡는다
불과 뇌가 깨어나기 몇 초전
늪은 무한한 시간을 만들어낸다
구름을 밟은 등대는 꺼지지 않고
떠돌아다니는 먼지가 날 깨운다
늪이 눈치 채지 못하게
고양이처럼 조심히 날 빼낸다
일렁이는 잔상의 끝에
자그마한 꽃이 핀다
왠지 저 꽃을 꺾어다
늪 속으로 밀어 넣어
영원히 가두고 싶은 충동이 끓는다

4부

미소를 위한 노하우

눈바람

무게가 없는 감정들은
이리저리 꽃바람에도,
눈바람에도, 비바람에도
함께 흩날리며
자신을 먹어줄 주인을 찾는다
무게를 잃은 감정에
무게를 실어줄 주인
차디찬 겨울은 오늘도 감정을 운반한다
사랑스러운 새끼를 보듬는
둥지 위 어미 새가 된 나무들
위에 눈꽃이 피었다
서서히 눈을 뜨는 해 사이로
반짝거리는 어린 눈꽃들
오늘도 눈꽃이 꿈을 꾸길 기다린다

겨울의 집

척박한 구름이
물 한 모금도 머금지 않은
그런 평범한 어느 날
어설픈 아이가 팬 장작이
쉰 비명으로 타는 저녁
아이는 오늘도
혹여나 벚꽃이 피었을까, 싶어서
여기저기 발자국을 남기며 돌아다닌다
봄은 아직 싹을 틔울 준비 중인걸
어떻게 말해줘야 할까
새들의 지저귐이 멎은 새벽
새로 온 눈에
아이의 발자국이 다 덮였다
아이는 오늘도 벚꽃의 향을 좇으며
겨울의 눈밭을 녹여낸다

우산

태풍이 몰아친 후의 난잡한 거리
거대한 손이 우리를 마치 자신의 머리칼 마냥
마구 헤집고 지나간 것 같았다
태풍이 흔들어 대는 바람에
휘청이던 방충망에 구멍이 뚫렸다
온기가 빠져나간 탓이다

등교를 할 때 다 망가져 버린
주인의 손자국이 이미 지워진
투명 우산을 보았다
투정부리는 꼬맹이처럼 기분이 좋지 않았다
투명 우산, 부러진 우산대, 찢어진 비닐
비는 여전히 매섭다

미소를 위한 노하우

매니큐어가 빠져나오지 않은 것,
나홀로 감정이 깨지는 순간,
단순한 배부름,
할 일이 없어 느껴지는 심심함
나 자신의 거미줄에 작은 먹이도 되지 않는 것들
하지만 왠지 모르게
금방 쌓인 눈을 밟은 것 마냥
묘한 행복을 빚어내게 한다
빠르게도 구르는 일상 속에서
나른히 걷는 일상을 마주할 때
출처 없는 배고픔.
방자한 시간들
약간은 느껴지는 버려져가는 시간을 향한 초조함
그러나 늘 쳇바퀴 돌리듯 살아온 거미줄 속에서
거미줄을 끊는 그 버려져가는 시간은
그렇게나 여름날의 계곡처럼 달았다

일기

하루를 꾹꾹 눌러쓴 글씨 속

알약 속 응축된 비타민들 마냥 가둬놓는다는 건

꽤나 어려운 것이었다

누군가 눈을 뜨고 새로운 삶을 맞고

이름 쓰는 법을 배우고 웃음을 알게 되는 날들

속수무책으로 내 글씨 속에

통조림 속 음식들처럼 갇혀버리는게 좀 웃겼다

계절이 흐르는 게 익숙지 않은,

나의 언어

모든 게 서툴러서 괜히 감정을 녹이는

나의 언어

무도회

저는 그저 시간의 목소리에 익숙하지 않은 것뿐인걸요
목소리가 울리면
따스함이 폴폴 떨어지던 사람들의 손이
꿈속의 환영처럼 떠나버리는 게 익숙지 않은 것뿐인걸
요
아름다운 향을 맡아 보세요,
달을 갈아서 만든 차랍니다
밤공기는 쓰다는 것을 누구나 알고
새벽 구름은 그 무엇보다 어둡다는 걸 모두가 알죠
우주 미아마냥 떠돌아다니는 시간을
제 것인 마냥 착취해 보세요
시간이 비명을 지를 만큼 쥐어짜 보세요
곧 종이 치겠네요
부슬부슬거리는 따스함은 여전히 익숙지 않네요
달가루가 다 가라앉아 버렸어요
어둠이 편지를 물고 올 차례군요

좋은 저녁이었어요, 여러분

내일은 시간의 목소리에 익숙해지길 바라요

소심하지만 대담하게

죽은 꽃밭

장미는 언젠가 탄다
꽃들은 자신의 늙음을 상상할 수 있을까?
우리의 등이 굽고, 눈이 어두워지듯이
자신들의 청초함을 떠나보낼 수 있을까?
짧은 그림자 속에서
유일하게 머금고 싶어 할
그들의 젊음

멸종 위기의

지면의 심장이 멎을 일은
절대 없을 거라 믿어왔건만
층층이 자신을 둘러싼 허물을 벗어대는
저 부끄럼 없는 별은
잘도
그랬던 나를 비웃는다
꽃이 필 때가 있다면
꽃이 썩는 시간도 있는 터
단지 이 익숙지 않은
무한할 공허함이
알면서도 몸부림치지 못하는 악몽이라 그럴 뿐이지 싶다

망자의 나룻배

이미 썩은 꽃을 뿌린다
하나같이 줄기는 잘려선,
날개 없는 백조처럼 둥둥 뜬다
밤의 존재가 무의미해지는
검고 너른 상실의 무덤

단순한 돈 몇 푼으로
조금 더 편하게 저승으로 갈 수 있게,
여러분을 위한 이벤트랍니다.

까치의 울음이 닿기도 전에
금지된 열매가 땅에 떨어지기도 전에
식어버린 울음이 다시 끓어오르기도 전에
기억의 선을 끊어 드립니다

혀가 변명할 때

산처럼 솟은 봉우리들을 흘러흘러
역한 색으로 빠져나오는 단어들
퇴화된 귀가 눈을 멀게 하고
늙어버린 눈이 귀를 멀게 한다

까마귀의 목구멍
먹이가 부패했다

이름을 만들기에 적합한 날

맛도 없는 색을
아무것도 모르는 도화지는
일렁이는 바다에 기름이 퍼지듯 묵묵히 먹는다
어떻게든 색을 살아있게 하려 노력한다
우리는 아마도
꽃의 이름을 몰라서,
꿈의 주인을 몰라서,
숨 가쁜 우리를 외면해서
이토록 절실하게
숨겨놓은 도토리를 찾는 듯이
어딘가에서 숨 쉬고 있어야 할
색들을 찾아다니는 것일 테다

마녀의 동화책

달이 읊어주는 시는

혼자서 타들어가는 겨울의 나무들처럼 적막했고

애정결핍을 앓는 식물들은

사람들이 흘려버린 그림자를 빨아먹었고

가녀린 마녀의 손가락은

물기 없는 과자로 만들어져 팔려나갔고

단지 꿈이 생기고

환상이 저문 이 곳이어서

다른 곳과 다를 바 없으니까

묽어져 가는 과일을 칠하면서

헐떡이는 시간을 죽이기만 하면 된다고

습한 세상

여름의 지독함이 싫다
시험의 압박처럼
집요하게도 날 쫓아오는 더위의 집요함이 싫다
어중간한 조각들인 장마철
부서지는 비들, 흩어지는 개미들
비가 오는 날이면
나는 늘 유난히 머리칼이 들떠버린다

여름의 외로움이 싫다
아무도 바라보지 않는 연기력 없는 삼류 영화의 주연처럼
그래서 일부러 저를 짜내는
여름의 그런 독함이란
늘 나를 구역질나게 만든다
청량감 따위 사그라든지 오래인
이름 없는 여름의 굴레

즐거움의 법칙

사람들은 봄의 간지러움을 알까

나른한 바람과

어디선가 어울리게 들려오는

질리도록 들었지만 여전히 설레는 봄 노래

잔잔한 감정들

난 그제서야 지구가 굴러가는 걸 느낀다

지구가 계절을 품고 있다는 게

너무 부러워서 손이 저릴 뿐이다

그 질투심도 콧노래가 되는 요즘

지구는 또 나에게 선물을 준다

아마 나는,

지구에게 사랑받는 소녀인가 보다

이력서

사람들을 행복에 젖게 해 준 경력,
분홍들을 아낌없이 나누어 준 경력,
벚꽃들을 있는 힘껏 피워낸 경력,
감정들을 은하수에 흘려보낸 경력
봄의 이력서는 아마 이럴 것이다
조금 덜 상쾌하고,
조금 더 쓸쓸하고
조금 덜 따뜻한
나머지의 계절들
모든 것에 굴러지듯 맞춰진 계절은
아마 봄이 그저 전부인 듯 싶다

죽음의 가치

세상에 무엇이든 저울질 할 수 있는 게 있다면
아마, 죽음이 가장 가볍지 않을까
양면성을 지니기도 버거울 것 같은데
이리저리 파도처럼 누군가에게 휩쓸리며 옮겨 다닐
세상에서 제일 가벼운 것
우리의 손 안에서, 낯선 이의 손 안에서
뒤틀린 운 속에서, 자연의 옥죔 속에서
하나의 종잇장처럼 팔랑이는 그 두 단어
그러나 이리도 묵직한 탓은
아마 그 가벼움이 너무나 두려워서
우리가 스스로 무게를 더하는 걸지도 모른다

감정의 과잉

벚꽃이 지는 밤이 묽다
계절이 시든 밤이 덥다
별을 해독하기엔
이미 너무 많은 감정들이 멸망해서
너 하나를 눈에 담아내는 것도
덜 아문 죄악감이 든다

내가 스친 곳 마다 피어날 것들이 사라지기에
그런 곳에서 나는 죄책감도 없이 어떻게든 살아지기에
아름다운 감정이 되길 오늘도 기도한다
내가 스친 곳이 너에게 어울리는 봄이 되길 기도한다
한낱
볼품없는 망상일지라도
나는 기도했다
너에게 해줄 수 있는 유일한 것들이 읊조림 뿐이여서
부끄럽다

5부
—
멀리서 보면 분홍

2015년 8월 22일
윤정이가 중학교 1학년 때
〈제4회 백년어 청소년 인문상(像)에
선정된 시와 산문을 실었습니다.

땅, 삐침

지글거리는 시멘트 위
개미가 뒤집혀 말라 죽었다
왜?
지나가던 흰개미를 잡았다
엄마가 얼른 놓아주라고 했다
계란을 땅 위에 깨자
맛난 냄새가 나며 익어갔다
나 한입, 엄마 한입
구름이 한입, 상큼이 한입
땅을 까먹고 있었다.
땅이 삐쳤다

사람과 사람

불균형한 몸매.
저울이 찌그러져 가는
틈 사이로
불균형한 여자가 아슬하게 지나갔다.
턱에는 사마귀가
사마귀의 다리엔 쥐가 있고
쥐의 꼬리에는
욕망, 그 끝이
떡보다 끈적거리며
달라붙어 있었다.

사해

탈수증을 겪었다.
황색의 물감으로 덧칠된 목에
불협화음인 곧은
퍼런 나무줄기를 보이며
확성기 없이도 백사장을 떠도는
목소리가 날 불렀다.
고의적으로 무시한 게 잘못이었다
언제부터 내가 대담해졌을까
어느새 몸에 물은 일 리터도
남아있지 않은 것 같았다.

마음의 금
　– '벚꽃'을 보고

멀리서 보면 분홍

가까이서 보면 하양

멀리서 보면 홍조 띄운 **뺨**

가까이서 보면 백구

봄만 되면 내 마음을 아리게 하는구나

여전히 내 가슴은 벌판이구나

난 네가 밉다

망망대해

쟤는 어딜 가는 걸까?
뻐드렁니를 쥐 오줌자국 난
등판의 낙인처럼 달고 있는
쟤는 반딧불이를
불법으로 전등으로 쓰는
야학에 가는 걸까?
달팽이의 점액이
말라가는 바싹한 더위가
뻐드렁니를 녹였다

비상의 시간, 잉크의 시간

검고 검은 찌꺼기 냄새
희고 흰 새똥냄새
냄새나는 노새한테서
거미줄같이 뽑혀 나온
냄새나는 깃털에는
비듬이 있었다.
배가 고파
어제는 테이프를 녹여먹었던 노숙자는
비듬을 설탕이라 생각하고
비늘을 번뜩이며 손가락을 빨았다.
손가락이 퉁퉁 불어갔다.

나는 왜 글을 쓰고 싶은가

배윤정 (장산중학교 1학년)

나는 왜 글을 쓰고 싶은가

왜 글을 쓰고 싶으냐? 라고 물으면 사실 마땅한 답을 내놓을 수 없다. 입속에서 뱉어지다 만 단어들이 굴러다니고 머릿속이 빛바래질 때까지 생각을 해 봐야 알 듯 말 듯 한 답이 나오는 질문이다. 솔직히 나도 나 자신에게 묻고 싶다. 너는 왜 글을 쓰고 싶냐? 좀 무책임한 말이 될 수도 있기야 하겠지만 반은 모르겠고 반은 사랑한다. 모르겠다기 보다는 이유가 있기는 한데 아직 그 적절한 이유가 무엇인지를 못 찾은 것 같다. 그리고 정확히 초등학교 4학년 때부터 글을 좋아하다 사랑하는 지경까지 이르렀다. 어떻게 보면 아직 내가 쓰기엔 안 어울리고 글을 사랑한다니, 제법 낯간지러운 말이 될 수도 있지만 정말 난 글이 좋다.

글 쓰는 사람들 대부분이 글을 사랑할 것이다. 또 내가 내 또래의 아이들보다 더 책을 많이 읽고, 글 쓰는 것을 좋아하게 된 이유는 나 자신의 성격과도 관련이 있겠지만 집안 환경 때문에 더 그런 것도 있을 것 같다. 부모님이 두 분 다 시인이셔서 갓난아기 때부터 엄마가 책을 항상 내 옆에 두고 책을 읽어주셨고, 앞서 말했듯 부모님이 내 옆에 책을 두시니 자나 깨나 책은 내 옆에 언제나 많았다. 그래서 책을 많이 안 읽을 수가 없었다. 그래서 자연히 작가란 직업에 대해서 관심을 가지게 되었고.

사실 처음 시작은 만화였다. 어렸을 때부터 초등학교 5학년 때까지 나 혼자 스스로 만화를 노트에 그려 나가면서 만화가의 꿈을 가지고 있었다. 물론 그때도 글이 좋았지만 그리는 것이 너무 재밌고 하나를 잘 그려놓고 나면 큰 성취감과 뿌듯함이 있어서 그런 게 너무나 좋았다. 그러다가 만화책을 점점 멀리하게 되니까 차츰 나 혼자서 스스로 구상하며 그리던 만화도 언제인가부터 뜸하게 그리다가 아예 그냥 만화 그리기에서는 손을 떼 버렸다. 그리고 완전히 글을 쓰기 시작했다. 소설이든 시든 많이 적었다. 그러면서 다 그렇게 글 적는 실력이 늘어가는 것이 아닌가 싶다.

지금도 가끔 내가 옛날에 적었던 소설이나 시들을 찾아서 읽어보거나 우연히 발견해서 읽기도 하는데, 좀 많이 실망스럽다. 정말 못 적었다, 어쩜 이렇게 못 적을 수가 있지? 하루에도 몇 번이나 내가 한심하고 바보 같다고 느끼는 적이 많지만 옛날의 내 글을 볼 때면 내가 매우 한심해 보인다. 하지만 뭐 옛날의 글도 내가 지금까지 오기의 성장 과정과 추억이니까 너무 나를 벼랑 끝으로 내몰지 않으려고 한다. 만약 그때의 실수 많이 하고, 글도 못

적고 시도 엉망으로 적는 내가 없었다면 아마 나는 끝까지 내가 뭘 잘못하고 있는지 보지도 않고 나 정도면 완벽하다며 나 자신에게 무신경한 사람이 되어 있을지도 모르는 일이다. 하지만 실수가 잦던 때가 있었기 때문에 문장을 더 주의 깊게 살펴보고 단어 선택을 신중하게 하는 등 글에 더 신경을 쓸 수 있게 된 것 같다.

아, 그리고 이런 상상은 물론 좀 해서는 안 될 많이 끔찍한 상상이긴 하지만 가끔 내가 사고로 인해 몸이 불편해지면 글을 지금만큼 많이도 못 쓸 것이며 자주도 못 쓰고 불편함이 되게 많을 것이다. 이런 생각은 해선 안 되지만 사람 일은 모른다는 게 문제다. 그래서 그런 끔찍한 상상 하기도 싫은 상상을 하게 되면 진짜로 기분이 좀 나빠진다. 글을 쓰기가 어렵다니, 더 이상 이 잔인한 얘기는 안 하는 게 좋을 것 같다. 나는 글을 '사랑한다'라고 떳떳하게 밝히기는 했지만 요즘 그것에 대한 의문이 많아지고 있다. 나만 이런 고민을 하는 건지, 좀 궁금하다. 글을 사랑한다면 글 쓰는 게 귀찮고 싫어지면 안 되지 않을까? 만약 그렇게 된다면 정말 사랑하지 않게 되는 게 아닐까? 그런데 나는 그런 경우가 종종 있다. 그날이 조금 더 다른 날 보다 피곤하고 힘들어서 그런 적도 있지만, 그냥 아무 이유 없이 글을 회피한 적도 없지 않아 있다. 왜 그럴까? 요즘 고민이 있냐고 물어본다면 친구 관계나 돈이 없거나 여러 가지가 있지만 이게 제일 문제라고 말할 것 같다. 나는 문제라고 생각된다. 또 그게 점점 가면 갈수록 과해지고 심해져서 옛날에 한참 만화를 그리다 갑자기 한순간에 손을 놓은 것처럼 글쓰기도 한순간에 손을 놓아버릴까 두렵다. 그래도 한편으로는 그럴 수도 있지 하는 마음이 있다. 우리 엄마도 시를 좋아하지만 힘들 때도 많아 보였다. 그리고 예를 들자면 요가를 사랑해서 요가 강습을 시작했는데 그게 고된 일이 되어버리자 초심은 어느새 뒤로 가 버리고 없고 피곤함과 절실한 휴식만을 생각하고 느낀다면? 누구나 자기들이 사랑하는 것이라도 충분히 힘들고 휴식을 원하지 않을까? 어떻게 보면 또 그게 틀린 말은 아닌 것 같으니 머릿속이 과열로 인해 폭발할 것 같다는 생각이 든다. 혼란스럽기도 하다 두려움도 있고, 괜찮다고 날 달래보려 하기도 한다. 그런데 신기하게도 두려움은 도저히 머릿속과 마음속에서 떨쳐 낼 수가 없다. 진짜로 만약 내가 글을 귀찮아하고 힘들어하고 쓰지도 않고 지친다고 내버려 둔다면 만화처럼 손을 놓아버리는 게 아닐까? 절실하게 내가 절대 그러지 않기를 바라고 있다.

그럼 이제 차츰차츰 본론으로 다시 들어가 본다면, 일단 난 글을 사랑하고, 아끼고, 글을 가지고 즐길 수도 있을 것이다. 아마도 이런 게 진짜 행운이 아닐까? 글을 쓰고 싶어도 쓰지 못하고, 글을 보고 싶어도 보지 못하는 아이와 어른들이 이 세상에 얼마나 많을까. 나중에 세상이 더 좋아지고 의학 기술이 발달하면 그런 것들을 고칠 수 있게 되면 좋겠다. 글을 쓰지 못하는 아이는 글을 쓸 수 있게, 글을 보지 못하는 아이는 글을 보고 읽으며 행복을 느낄 수 있게. 지금 나와 내 친구들, 내 가족들이 누리고 있는 우리에게는 사소하지만 커다란 행운을 그런 아이들이 맛볼 수 있게 되면 너무너무 좋겠다. 더 이상 단 한 명도 교육 때문에 울지 않게, 학습과 독서 때문에 울거나 절망스럽지 않게 해 줄 수 있는 그런 나라를 간절히 바란다. 나의 글도 그렇게 한 그루의 포도나무처럼 향기로운 보탬이 되었으면 좋겠다.

오롯한 흰 구름 한 점

송 진 (시인)

*1072. 3. 22. 2017

2017년 3월 22일 세월호 선체가 수면 위로 올려 질 수 있는 가능성이 가장 높다는 오전 뉴스가 미세먼지 사이로 타전되고 있는 날, 이런 날에 시집 발문을 쓰고 있으니 세월호에 잠든 아이들이 생각나서 글쓰기가 힘이 든다. 눈물을 훔치고 다시 힘을 낸다. 용기를 낸다. 어쩌면 이 시집에 실린 시들은 윤정이의 시이기도 하지만 세월호에 잠든 아이들의 시이기도 하고 이 발문은 윤정이 시에 대한 발문이기도 하지만 세월호 아이들의 시에 대한 발문이기도 하다는 생각에 잠시 쓰라린 가슴을 쓸어내리고 두 손을 모으고 삼가 고인들의 명복을 빈다.

부족한 어른들 틈새에서도 대한민국의 아이들은 봄나물처럼 자라나 자신들의 세계를 확장시킨다. 맑고 투명한 수액을 감성 줄기로 끌어 올리는 아이들의 잠재된 능력은 그저 놀랍기만 하다. 세월호 선체가 꼭 인양되기를 기원하며 간절한 구원의 슬픔과 기쁨으로 딸 윤정이의 시집 발문을 적어나간다.

*1075. 3. 25. 2017

나는 지금 광복동 복잡한 카페에 앉아 있다. 나는 사람이 많고 시끄러운 음악이 나오는 카페를 좋아한다. 글을 쓸 때 집중력이 높아진다. 내가 지금 이 글을 쓰면서 마시고 있는 건 체리블라썸 그린 티 크림 푸라푸치노(Cherry Blossom Green Tea Cream Frappuccino) 아이스 음료인데 이름이 나른한 봄처럼 참 길다. 내 옆 좌석에는 어떤 유치원 엄마들이 수다를 떨고 있다. 누군가의 딸이었다가 누군가의 엄마였다가 누군가의 꽃이었다가 누군가의 열매가 되어 우리는 살아가고 사라져간다. 이 깊은 인생의 다크 초콜릿 맛을 만 열다섯 살 하고 며칠 지난 윤정이가 어떻게 알았을까 신비로운 초콜릿 빛깔이 시어 사이에 별처럼 뿌려져 몸을 반짝반짝 은은하게 뒤척이고 있다.

네 살 때 이불을 뒤집어쓰고 울던 아이

"귀염둥이야, 왜 울어?"

"라디오에서 나오는 음악이 너무 슬퍼서……."

울먹이던 얼굴을 이불 밖으로 쏙 내밀던 아이

울산 고래축제 음악회에 윤정이랑 함께 갔는데 서울에서 내려온 김남조 시인과 같은 줄에 앉게 되었다. 오케스트라의 아름다운 선율이 흘러내리고 있을 무렵 갑자기 윤정이가 날카로운 바늘에 찔린 듯한 소리로 울었다. 얼른 아이를 데리고 나와 달래주었다. 울음이 그치기를 기다린 뒤에 "귀염아, 아까 왜 그렇게 울었어?" 하고 물으니 "음악이 너무 슬퍼서." 라고 했다 공연이 끝나고 김남조 시인이 아까 애가 왜 울었어요? 물었다. 사연을 듣고 난 김남조 시인이 웃으며 윤정이에게 어떤 덕담을 해주었는데 당황스럽고 미안한 마음이 앞서서 그런지 지금은 잘 기억이 나지 않는다. 아마 윤정이가 훌륭한 예술가로 자랄 거라는 그런 말씀이 아니셨을까 짐작만 해 볼 뿐이다. 어릴 적부터 귀가 예민한 윤정이는 큰 도로를 지나갈 때면 아예 노루처럼 귀여운 두 귀를 아기 곰처럼 도톰한 작은 손바닥으로 막고 다녔고 유치원 선생님은 윤정이가 친구들과 놀면서 조용히 하자 라는 말을 자주 한다고 전해주었다.

*1077. 3. 27. 2017

　2002년 3월 15일 해운대 모자산부인과에서 한 아기의 탄생을 도와주시던 유병규 의사 선생님이
　"아이쿠, 아가 와 이리 크노?"

　윤정이가 이 세상에 태어나 제일 처음 들은 인간의 목소리
　그 때 윤정이의 마음은 어땠을까
　이 세상에 태어나게 된 게 기뻤을까 슬펐을까 아니면 담담했을까
　태어나기 위해 얼마나 안간힘을 썼을까
　그렇게 태어난 세상을 열심히 살고 싶은 것인지 윤정이는 아기 때도 중학생인 지금도 참 잠이 없는 편이다.
　아기 때는 밤 12시에 자동차에 태워 해운대 달맞이 고개를 한 시간 쯤 돌다보면 겨우 잠이 들어 집에 돌아와 조심조심 눕히고 나도 새벽 세 시 쯤 잠이 들었다. 초등학교 들어갈 때

까지 여러 가지 방법으로 잠을 재우곤 했는데 그 중 하나가 새벽 3시까지 그림책 읽어주기였다. 윤정이가 원래 책을 좋아했는지 내가 책을 좋아하게 만들었는지 그건 잘 모르겠다. 나는 윤정이에게 책 읽어주는 걸 좋아했고 윤정이는 앉고 기어 다닐 무렵부터 늘 책 위를 수영하듯 떠다녔기 때문이다. 심지어 나는 내 공부를 좀 할 욕심으로 네 살 된 윤정이를 도서관에 데리고 다니기 시작했는데 다행히 윤정이는 도서관을 좋아했지만 지금 생각하면 내 생각만 한 것 같아 미안하기도 하다.

이 글을 쓰며 지난 시간을 뒤돌아보니 윤정이는 서너 살 때부터 비유를 잘 쓴 것 같다는 생각이 든다.

더운 여름 날 욕조에서 찬물로 목욕하고 놀다가 이제 나가 자고 하니까

"내 엉덩이에 본드 붙었어."

라고 하기도 하고

차를 타고 가다가 손을 차창 바깥으로 내밀며

"엄마~ 바람이 내 손가락 사이로 모래처럼 빠져나가고 있어~"

라고 하기도 했다.

싱그러운 오이를 썰어 씨앗을 보여주면

"오이 안에 이슬이 들어 있어."

라고 말한 기억들이 어제인 듯 생생하게 떠오른다.

나는 윤정이에게 한글을 따로 가르치지 않고 윤정이가 평소에 말하는 문장들을 받아 적어 그 문장들을 집 안 곳곳 벽이며 화장실에 붙여주었다. 설거지를 하며 빨래를 하며 아이

목욕을 시키며 눈길이 갈 때마다 음악처럼 리듬을 넣어 그 문장들을 읽어주었다. 길을 걸어가다 길에 세워져 있는 입간판을 읽어주었고 과자를 사먹으면 과자 봉지에 있는 글들을 한 자도 **빼놓지** 않고 다 읽어주었다. 내가 그런 걸 좋아했기 때문에 아이에게도 자연스럽게 그렇게 한 것 같다.

그런데 어느 날 부산에서 김해 가는 길에 목이 말라 오래된 카페에 들어갔는데 윤정이가 메뉴판을 들더니 사과 주스, 포도 주스를 읽는 것이 아닌가. 참 의미가 깊은 날이었다.

사실 대한민국 엄마로서 아이의 교육에 관심을 갖지 않는 엄마들은 드물 것이다. 나는 이 엄청난 압박감에서 좀 우회하고 싶었다. 아이가 갖고 태어난 자연적인 내면을 손상시키고 싶지 않아서였다고 할까. 아이의 감성은 정말 너무 소중해서 아무리 강조해도 지나치지 않다. 그래서 난 아이의 안전과 건강과 갖고 태어난 자연적인 감각을 놓치지 않는 교육 환경과 자연스러운 시간의 흐름에 주력하기로 했다. 비 온 뒤에 불어난 계곡물 따라 흐르는 산길의 낙엽을 보여주었고 모이고 흩어지고 흩어지고 모이는 구름과 놀았다.

윤정이에게 최초로 적어 준 글씨가 '비'이다 나는 비를 좋아해서 비가 오면 차 안에 오래 앉아 있었다. 차창이 **뿌옇게** 흐려지고 윤정이는 말을 배우려는지 옹,옹,옹 옹알이를 계속했다. 차 지붕 위로 빗방울 떨어지는 소리가 두두두둑 두두두둑 감미롭게 들렸다. 나는 윤정이에게

"비야.. 비란다.. 비.. 비.. 해 봐.. 비..."

뿌연 유리창에 손가락으로 비라고 적어주었고 윤정이는 빗방울처럼 앉아 그런 철없는 엄마의 모습을 옹알거리면서 보고 있었다. 그런데 중학생인 지금은 비가 제일 싫단다 (ㅋ

나의 정성은 아랑곳없이) 학교 갈 때 앞머리 날리고 귀찮다고 한다
(맞다 내가 알기로는 요즘 중학생 여자아이들은 앞머리가 목숨보다 중하다)

윤정이가 어느날, 중학교 2학년 때 쓴 시만으로 시집을 내고 싶다고 했다. 어릴 적부터 혼자 시 쓰는 걸 좋아해서 대견해하기는 했지만 시집을 내겠다니...

그래서 그냥 지나가는 말로

"그래, 그럼 시가 모이면 엄마 메일로 보내 줘. 그러면 시집 내 줄게. 엄마 메일주소 알지?."

했더니 이렇게 시를 모아 내 메일로 보냈다. 약속했으니 내어줘야 한다. 한 때는 고등학교를 문예창작과로 가겠다고 하더니 그 말이 가라앉으니 시집을 내겠다고 한다. 대견하기도 하고 신기하기도 하다. 왜 윤정이는 시를 쓸까? 왜 시가 좋을까? 궁금하기는 했지만 한 번도 물어본 적이 없다. 그냥 좋으니까 쓰겠지 그렇게 생각했다.

윤정이의 시를 읽고 있으면 페르낭 레제, 윌렘 드 쿠닝, 뒤피 그림들이 떠오른다. 상상력이 가득한 현대 미술을 연상시키는 윤정이의 시는 수많은 색채와 공간과 선으로 뒤덮여 잇는 숲을 만난 듯 어리둥절하고 신기하고 기묘하고 아름답다.

나는 자신의 세계를 사랑하는 윤정이가 대견하고 고맙다.

앞으로도 자신의 세계를 글(시)로 표현하고 살 것 같은 윤정이의 생활습관을 보고 있노라면(윤정이는 어릴 적부터 시간이 나면 − 특히 방학이 되면− 눈뜨면 책상 앞에 앉아 글을 쓰고 있고 자기 전에 책상 앞에 앉아 글을 쓴다) 윤정이가 부족한 나에게로 다가와 세상에 태어난 뜻을 조금은 알 것(?) 같기도 하다.

자식 이기는 부모 없다고 한다. 틈틈이 시를 적는 것은 어릴 적부터 쭉 보아왔지만 영화 '동주'를 보고 난 뒤 시를 계속

쓸 것이라고 말하는 딸에게 시를 쓰는 길이 얼마나 고단한 길인지 이야기 해 준 적이 있다.

"윤정아, 시를 쓴다는 건 말이지... 시 적는 일이 이 세상에서 가장 즐겁다고 가정하더라도 시 적는 일 외에는 모두 다 버려야 시가 온단다. 그런데 시를 적는 일이 꼭 즐겁지만은 않으니 말이야."

사실 나는 윤정이가 시를 적으면 정말 기분이 좋다. 그래서 목마른 화초에 듬뿍 물을 주듯 칭찬을 아끼지 않는다. 윤정이가 자라면서 어떤 시간대의 운명선을 지나갈지는 알 수 없지만 윤정이가 커가는 시대에는 예술가들이 좀 더 좋은 환경에 놓여있기를 빌어본다. 소중한 딸 윤정이의 첫 시집 발문을 우연히 내가 쓰게 되어 설레고 기쁘다. 아직은 부족한 점이 많은 시들이지만 윤정이에게도 자신의 세계를 나무의 뿌리들처럼 좀 더 섬세하고 깊고 넓게 들여다 볼 수 있는 계기가 될 것 같다. 부디 윤정이의 시가 십일월의 바이올린 선율이거나 오월의 붉은 장미넝쿨 벌레의 몸짓이거나 판소리 쑥대머리 같은 깊은 소리의 울림터가 되었으면 좋겠다는 바람을 가져본다.

아이는 소나무 향기 사이를 달리듯 자라고 있다.

윤정이가 중학교 입학을 앞두고 나는 한 가지 결심을 했다.

'날마다 시 한 편을 쓰자. 그리고 윤정이가 중학교 졸업장을 가져오는 날 나는 윤정이에게 시 천 편을 졸업 선물로 주자.'

나는 아이가 중학교 입학할 때 아이가 지덕체의 훌륭한 인격체로 잘 자라야 한다는 비장함으로 금빛이 날 지경이었다. 아이에게 좋은 엄마가 된다는 것은 내 할 일을 미루지 않고 잘하면 된다는 생각이 들었다. 아이는 어른의 뒷 모습을 보며 자란다는데 내가 성실하게 시간을 살면 아이도 성실하게 시간을 살 것이라는 생각이 들었다. 그렇게 아이를 믿고 나를 믿었다

*1081. 3. 31. 2017

2017년 3월 31일 오전 7시 반잠수식 선박 화이트 마린호에 실린 세월호가 진도 동거차도 인근해역을 출발했다. 그리고 오후 1시 목포 신항에 안전하게 도착하였다. 텔레비전 뉴스를 통해 세월호를 보니 자꾸 커엉커엉 목 쉰 늑대 울음 같은 눈물이 난다. 어떻게 할 도리가 없다. 그냥 울 수밖에……일이 좀 많아 며칠 동안 쓰지 못한 윤정이의 시집 발문 남은 것을 쓰는데 자꾸 눈물이 컴퓨터 자판 위로 떨어진다.

오후 3시 27분 학교 동아리 수업으로 초량에 있는 과학체험관에 간 윤정이에게 전화가 왔다 목소리가 노란 촛불처럼 밝다.

"엄마, 과학 동아리 수업 마쳤어요. 생각보다 재미있던데ㅎ... 5시쯤 집에 도착할게요."

윤정이가 어릴 때 가족을 즐겁게 해준 한 줄 썰렁 유머를 적으면서 이 글을 마치려고 합니다. 윤정이의 부족한 시를 읽어주신 모든 분들께 진심으로 고개 숙여 감사드립니다.

1081일간의 항해를 마친 세월호의 모든 분들이 무사히 따뜻한 집으로 돌아올 수 있기를 간절히 기원드리며 삼가 고인

의 명복을 빕니다.
〈윤정이의 한 줄 썰렁 유머〉

◆ 밀감껍질이 약간 튀어나온 부분을 보고
　"얘도 티눈이 나나?"

◆ 송정에 가서 새해 일출을 보며 건강한 윤정이가 태어나기
　를 기원했다고 하니까
　"그래서 내 얼굴이 탄 건가?"

〈윤정이가 6살 때 그림과 함께 쓴 두 줄의 시〉

　* 별과 고양이

　난 별처럼 날고 싶어

　난 옛날에 고양이였어

　이 시집 안의 시들은
　해시계처럼 물시계처럼 자연스럽게 흐르고 있다.

　째각째각

　재깍재깍

2017년 4월 2일
송 진